盛开的樱花林下

［日］坂口安吾 著
［日］SHIKIMI 绘
温雪亮 译

初次刊载：《肉体》一九四七年六月

著·坂口安吾

1906年出生于新潟县。于东洋大学文学部印度哲学理论学科毕业。曾在法国语言学校就读。1955年去世。代表作有《堕落论》《白痴》等。文豪绘本系列中，除了本书，还有另一部作品《夜长姬与耳男》（坂口安吾著·夜汽车绘）。

绘·SHIKIMI

插画家。现居东京。为《刀剑乱舞》等知名网络游戏进行角色设计，并参与诸多书籍的封面设计以及时尚品牌合作。作品有《梦十夜》《押绘和旅行的男人》《猫町》《貘之国》《夜话》等。

盛开的樱花林下

每逢樱花盛开之际，人们就会手提美酒，吃着糯米丸子，在花下漫步，不住地夸赞"真是美景""春色灿烂"，个个神采奕奕、满面春风。然而这些全都是假象。为何说这些都是假象呢？那是因为，人们聚集在樱花下、喝得酩酊大醉、随地呕吐、大声喧哗，种种行为都源自江户时代。在很久以前，人们只会觉得樱花下是个可怕的地方，没人会觉得这能是什么美景。近来只要想到樱花下，就会想到人们聚集在一起饮酒，气氛喧闹，所以给人赏花很热闹之感，可是如果将人从樱花下移除，这里的景色就会变得可怕。能剧[①]中也曾出现过类似的故事：某位母亲因为心爱的孩子被人贩子拐走，四处寻找孩子，为此发了疯，她来到盛开的樱花林下，在漫天飞舞的花瓣中幻想着孩子的身影，最终发狂而死，为花瓣所掩埋（这段是小生画蛇添足的内容）[②]。樱花林下一旦没了人的身影，就会充满可怕的气氛。

很久以前，铃鹿岭③中也有一条旅人必须从樱花林下经过的道路。樱花尚未绽放的时候还算平安无事，可一旦到了花季，旅人就会在樱花林下变得魂不守舍。他们只想尽快逃离这里，于是一溜烟地朝有绿树或枯树的地方飞奔。倘若一人还好说，因为只要从樱花林下一溜烟地逃离，来到正常的树下，就可以松一口气，心里直呼"好险"，就此平安无事。可倘若两人结伴同行，就不方便了。因为人们跑步的快慢程度各有不同，必然会有一人落在后面，即便后面的人拼命大喊"喂，等等我"，魂不守舍的同伴也只会丢下朋友，一味向前逃离。因此只要从铃鹿岭的樱花林下经过，不论以前多么要好的旅人，他们之间关系也会变坏，不再相信与对方的友情。也正因此，旅人自然而然地避开这里的樱花林，特意绕得很远，改走别的山路。不久之后，这里的樱花林便不再被人们视作主路，独自坐落在无人前往的寂静深山之中。

几年之后，一名山贼落住这座山中。这名山贼极其凶残，会前往主路，毫不留情地剥下旅人身上的衣服，将其杀害。可即使是这样的一名男子，来到樱花林下，也会心生恐惧，魂不守舍。山贼从那时起就讨厌樱花了，他在心里嘀咕着：樱花真是可怕，看了就讨厌。

樱花林下本没有风，但山贼总觉得风在发出簌簌的响声。不过，正因为没有风声，所以此地万籁俱寂。山贼的身影以及脚步声，被包裹在寂静冰冷且静止的风中。犹如花瓣一片片地凋零散落，自身灵魂也在随之散去……他闭上眼睛，放声大叫，迅速逃离此地，可是闭上眼睛就会撞到樱花树上。睁开眼睛看着樱花林，令他更加魂不守舍。

但是山贼是个沉着冷静且不知悔改的人，于是便思考起这其中的奇怪之处。可转念一想，不如明年再思考这个问题吧，今年没心思细想了，等到明年春暖花开之际，再好好推敲一番。他每年都这么想，一眨眼十几年过去了，结果今年依旧打算明年再想，于是转眼间又到了年末。

他就这样年复一年地想着，老婆也从最开始的一个变成了七个，后来他又在主路上抢来了第八个老婆，还一同抢走了她丈夫的衣服，至于她的丈夫，自然是被他一刀斩杀。

自打杀死女子丈夫的时候起，山贼就觉得有些古怪，与平常的感觉不太一样。虽说不清楚究竟哪里不一样，但就是觉得有些古怪，不过他向来不习惯拘泥于这种小事，所以当时也没太在意。

起初山贼并没有想杀人,他打算像平时那样,脱下男子的衣服后,踹他一脚让他赶快滚开。然而他的老婆实在是太美了,山贼不知为何便一刀杀了男子。这番行为不光令山贼感到意外,就连那个女子也始料未及,当山贼回过头时女子早已吓到腿软,呆呆地看着他。山贼说:"从今天起,你就是我的老婆了。"女子听完点了点头。山贼拉起女子的手,将她扶起来,女子却说:"我走不动了,你背我。"山贼连说"没问题",轻巧地将女子背在身上。走到一处险峻的山坡,山贼说:"这里有些危险,你下来自己走。"那女子却用力抱紧他,并连说:"我不要,我不要。"怎么也不肯下来自己走。

"你想想看,像你这种居住在山中的男子都难以攀爬,我又怎么能走得动呢?"

"也是,也是。好的好的。"山贼虽说有些疲惫,但心情很好。"不过,你还是先下来一下吧。虽然我身强力壮,但还是有些吃力,想稍微休息一下。我的眼珠子并没有长在后脑勺上,从刚才把你背起来时,我就心痒难耐。你先下来,让我好好看看你可爱的脸蛋。"

"我不要，我不要。"女子拼命地搂住山贼的脖子，"在这种荒凉的地方，我一刻都待不下去。你就赶紧带我走吧，到你住的地方之前，就不要休息了。要不然，我就不做你的老婆了。如果你让我感到无助的话，我就咬舌自尽了。"

"好的好的，我知道了。我答应你就是了。"

这个美丽的老婆，让山贼对未来的生活充满了期待，全身都充斥着幸福感。他故作威风地挺起肩膀，转了一圈，让女子看前山、后山、左山、右山。然后对女子说："这里的山，都是我的。"

然而女子并没有理睬他，山贼既意外又失望。

"听好了,你所看到的这些山林、溪谷,甚至从溪谷涌现的云朵,全都是我的。"

"你快走吧,我可不想一直待在满是岩石的山崖下。"

"好的,好的。等一会儿到家,我就准备一顿丰盛的大餐。"

"你就不能再快点吗?跑起来吧。"

"这里的坡道非常陡峭,就算我自己走都没法跑起来。"

"真看不出来,原来你这么没用啊。我竟然给一个没用的人当老婆。唉、唉,今后的日子我又该指望谁啊。"

"你在胡说些什么啊,不就是个坡道吗?"

"唉,真叫人着急。看你也累了吧?"

"别说胡话了,只要走完这坡道,就算是鹿也追不上我。"

"但你现在喘得上气不接下气,脸色都变青了。"

"所有事,一开始做的时候都是这样。等我跑起来后,你估计就要晕了。"

话虽如此，但山贼早已筋疲力尽，骨头都要散架了。当他抵达家门口时，他已经头晕目眩，耳鸣不止，就连用嘶哑的声音说句话的力气都没有了。家中的七个老婆出来迎接他，山贼光是放背上的女子下来，放松自己像石头一样僵硬的身体，就耗尽了全部力气。

七个老婆全被这个从未见过的女子的美貌震住了，而女子则因为这七个老婆的肮脏模样而感到震惊。这七个老婆中，以前也有貌美之人，但如今容颜不再。女子心生畏惧，躲在山贼身后。

"这些山野女子都是些什么人？"

"她们都是我曾经的老婆。"

山贼有些为难，总算想出"曾经"一词加在话中，虽说是突然间想到的，但对他而言已然是不错的回答，然而女子毫不客气地说："哎呀，她们就是你曾经的老婆啊。"

"这是因为，我以前不知道这个世上还有你这样可爱的女人。"

"那你就把那个女人给我杀了。"

女子用手指着相貌最好的一个叫道。

"犯不着杀了她吧。把她当作女仆不好吗？"
"你杀了我丈夫，却舍不得杀自己的老婆吗？就这样还想让我当你老婆？"
山贼紧闭的双唇中发出哀号。他突然纵身一跃，砍倒了被指到的老婆。然而，女子并没有留给他喘息的机会。

"这个女人,现在我要让你杀了这个女人。"

山贼犹豫了片刻,但还是径直走过去,朝那个老婆挥动大刀。女子又将手指向下一人,用她娇柔、清脆的声音说:

"接下来，是这个女人。"

被指到的女人用双手捂住自己的脸，"啊"地发出一声尖叫。山贼将刀举过头顶，在她的叫喊声中一闪而过。剩下的老婆们立刻起身，四散而逃。

"放过一个，我都不会答应的。草丛里躲着一个。还有一个跑山上去了。"

山贼提起带血的刀，疯狂跑向山林。只有一个老婆因为来不及逃开，被吓得瘫坐在地。这个老婆的相貌最为丑陋，而且还是个瘸子。正当山贼将逃跑的老婆一个也不放过地斩了回来，准备举刀顺手杀掉这个老婆的时候——

"可以了。这个女人就别杀了。留给我当女仆吧。"

"就捎带把她一并给杀了吧。"

"你可真傻。我的意思是不准杀她。"

"啊，这样吗？那好吧。"

山贼将手中带血的刀扔在一旁，一屁股坐在地上。此时疲倦感突然袭来，他感到有些头晕目眩，觉得自己的屁股就像是从土里长出来的一样沉重。突然，山贼感到周围一片寂静，一股强烈的恐惧之感涌上心头，他吓了一跳。回头一看，只见女子正闷闷不乐地站在原地。山贼觉得自己就像从噩梦中醒来一样。随后他的目光还有魂魄再次被女子的美貌所吸引，全身变得无法动弹。然而此时的他又感到了不安。究竟是怎样的不安，自己又为何不安，又是什么令自己不安，他自己都不清楚。或许是因为这个女子实在是太过美丽，他的灵魂都被吸引去了，从而使他能够不过多在意心中那份不安的情绪。

　　山贼觉得，这种感觉有些似曾相识。他开始思考，这份似曾相识的感受在什么时候出现过。"啊，对了，就是那个时候。"当他回想起来的时候，吓了一跳。

　　就是在那片盛开的樱花林下时。这类似从樱花林下走过的感觉。他并不清楚到底是什么地方像，又是怎么个像法。但是，两者确实有相似之处。山贼总是这样，对什么事都一知半解，知道一半后剩下的事便不再理会。

山中漫长的冬季结束了，虽然山顶和谷底的树荫处还残存着零星积雪，但花季即将到来，春天的曙光在天空中闪耀。

山贼心想，等到今年樱花盛开之后，自己要尝试一下。以前刚走到樱花下的时候，还不会有什么异样。下定决心，朝樱花林中走去的时候，却越走越觉得自己变得魂不守舍，不管是向前后左右哪个方向看去，都是满眼樱花遮空的景色，而往樱花林中央走去的话，自己就会因为魂不守舍而盲目地四处乱撞。山贼心想，今年要到盛开的樱花林下静止不动。不，干脆坐在地上吧。到时候，把这个女人也带过去。他突然如此考虑着，随后朝女子瞥了一眼，心中顿感不安，连忙把脸扭过去。不知为何，一种"若是让这个女人知道自己心中所想的话，那就糟糕了"的想法在山贼心中挥之不去。

★

    这个女人非常任性。不论多么用心制作的菜肴，她都必定会有所不满。山贼奔走于山林之间，捕捉着飞禽还有野鹿，有时也会捕捉野猪或者熊。瘸腿女子则在林间寻找着野菜还有草根。然而女子从未表示过满足。

    "你每天就让我吃这些东西吗？"

    "但这些已经是非常好的食物了。你来这里之前，我们每隔十天才能吃到一次这样的食物。"

    "你是山野村夫，所以才会觉得这样的食物好吃，但我难以下咽。现在住在这样冷清的深山之中，漫漫长夜听到的又都是猫头鹰的叫声，起码在饮食方面不能逊于京都吧。啊，京都的风雅。被隔绝在京都风雅之外的我，心中是何等的痛苦，这种感受你是无法体会到的。你从我身边夺走了这一切，取而代之的是乌鸦以及猫头鹰的鸣叫声。你对此不觉得羞愧、残忍吗？"

面对女子的这番抱怨，山贼难以理解。之所以不理解，是因为他压根就不知道什么是京都风雅。对此也难以想象。他不理解现在这样的生活，这种幸福感，竟然无法满足这个人。山贼所困惑的不过是女子所抱怨的"京都风雅"。他不知道该如何应对，并对此感到苦恼。

那些来自京都的旅人，山贼也曾杀过不少。因为从京都而来的旅人都是些有钱人，随身携带的东西应该都价值不菲，而且这些人还都是容易下手的对象。可当山贼好不容易抢来他们的行李，打开看时，这才发现里面装着的都是些不值钱的东西。随后他便会谩骂道"切，这些乡巴佬"或是"这帮土包子"——这便是他对京都的全部认知。他知道京都是有钱人居住的地方，可他除了抢夺他人财物，对其他事想都没想过。至于京都的天空究竟在哪个方向，对他而言更是没有必要去思考的问题。

这名女子很注重梳子、簪子、口红这些东西。只要山贼用满是泥巴或是沾有山中野兽鲜血的手去触碰她的衣服时，女子就会对他大声呵斥。这些衣物宛如女子的生命，守护这些衣服便是她的使命。女子将身边打扫得干干净净，并且命令山贼修缮房屋。至于她身上的衣物，光是一件窄袖便服以及一条细带是远远不够的，还需要数件衣服以及数条细带，这些细带还得绑成奇特的形状，垂挂于身，并且搭配各种饰物，这才算打扮完毕。山贼瞪大双眼看着她，然后赞叹不已。他终于明白了，原来美是如此完成的，而这份美也让他感受到了满足，他对此再也没有产生怀疑。只从单方面去看，美是没有意义且不完整的存在，是难以理解的一个碎片，但如果将这些碎片聚在一起，就能得到一个完整的存在。如果将此物进行分解，它就会再度变回没有丝毫意义的碎片。山贼用他的理解方式，将这一切视作一种奇妙的魔术。

山贼砍伐山上的树木，按照女子的吩咐制作成物件。不过他也没有搞懂制作的究竟是什么东西，做完之后又有什么用。他制作了胡床还有扶椅。胡床其实就是所谓的椅子。天气不错的时候，女子就会把这些东西搬到外面，要不然摆在太阳底下，要不然就是摆在树荫下，坐在上面闭目养神。如果是在屋内，她则会坐在扶椅上面想些什么，而这些在山贼眼中，显得异常艳美，令人神魂颠倒。魔术出现在了现实世界中，如今身为魔术师助手的自己，仍时常对魔术的结果表示惊讶与赞叹。

　　瘸腿的女仆每天早上都会为女子梳理乌黑的长发。为了给女子洗头，山贼特意前往遥远的溪谷打来清水，他每天都会小心翼翼地去做这件事，竟然喜欢上了这份辛劳。山贼有个心愿，那就是自己能为魔法尽一份力。除此之外，他还想用自己的手去抚摸那头黑发。可女子将他推开，并呵斥道："不要用你的手来碰我。"山贼就像孩子一样乖乖把手缩回去，羞愧难当。女子将乌黑的头发打成结，望着她的那张脸，山贼见证了美的诞生，他感觉这一切就像一场永远不会醒来的梦一样。

"这些东西啊……"

山贼将带有图案的梳子以及带有装饰的簪子放在手上把玩。他从不认为这些东西有什么意义和价值,即便今日也是如此。对物与物之间的协调、关系,以及对装饰存在的意义,他都没有任何的想法。即便如此,他还是能感受到魔力的存在。魔力是这些物品的生命。这些物品,也是蕴含生命的。

"你可不要随便摆弄这些东西啊。为什么你每天都要用手去碰这些东西呢?"

"因为我觉得不可思议。"

"什么不可思议?"

"具体的,我也说不上来。"

山贼看上去有些害羞。他对此很是惊讶,却不清楚自己为什么会惊讶。

在他心中,萌生了对京都的畏惧之情。这种感情是畏惧不是恐惧,是对不了解的事物所表现出来的羞愧与不安,就如同知识渊博之人在面对未知事物时所表现出来的那种羞愧与不安。每次女子一提及"京都",他的内心就会变得胆怯、战栗。可如果是他能见到的东西,便不会有所畏惧,所以山贼既不熟悉这种畏惧,也不习惯这份羞愧。因此,他便对京都产生了敌意。

山贼袭击过成百上千个来自京都的旅人，可从未有人予以还击，因此他相当满足。而且不论自己怎样回忆过去，也不会有遭人背叛、由伤害所带来的不安。当他察觉到这一点后，时常会感到愉快与自豪。山贼将女子的美貌与自身的强大进行比较。当他清楚自身力量的极限后，能够令自己犯难的也只有野猪了。但事实上，野猪并不是多么恐怖的敌人，对付它们，山贼还是有些能力的。

"京都有没有长着獠牙的人？"

"有手持弓箭的武士。"

"哈哈哈。弓箭不过是我用来射击山谷对面的麻雀的工具。京都有没有那种皮糙肉厚，能将刀震断的人？"

"有身披铠甲的武士。"

"铠甲能将刀给震断？"

"能。"

"我可是能降服熊和野猪的人。"

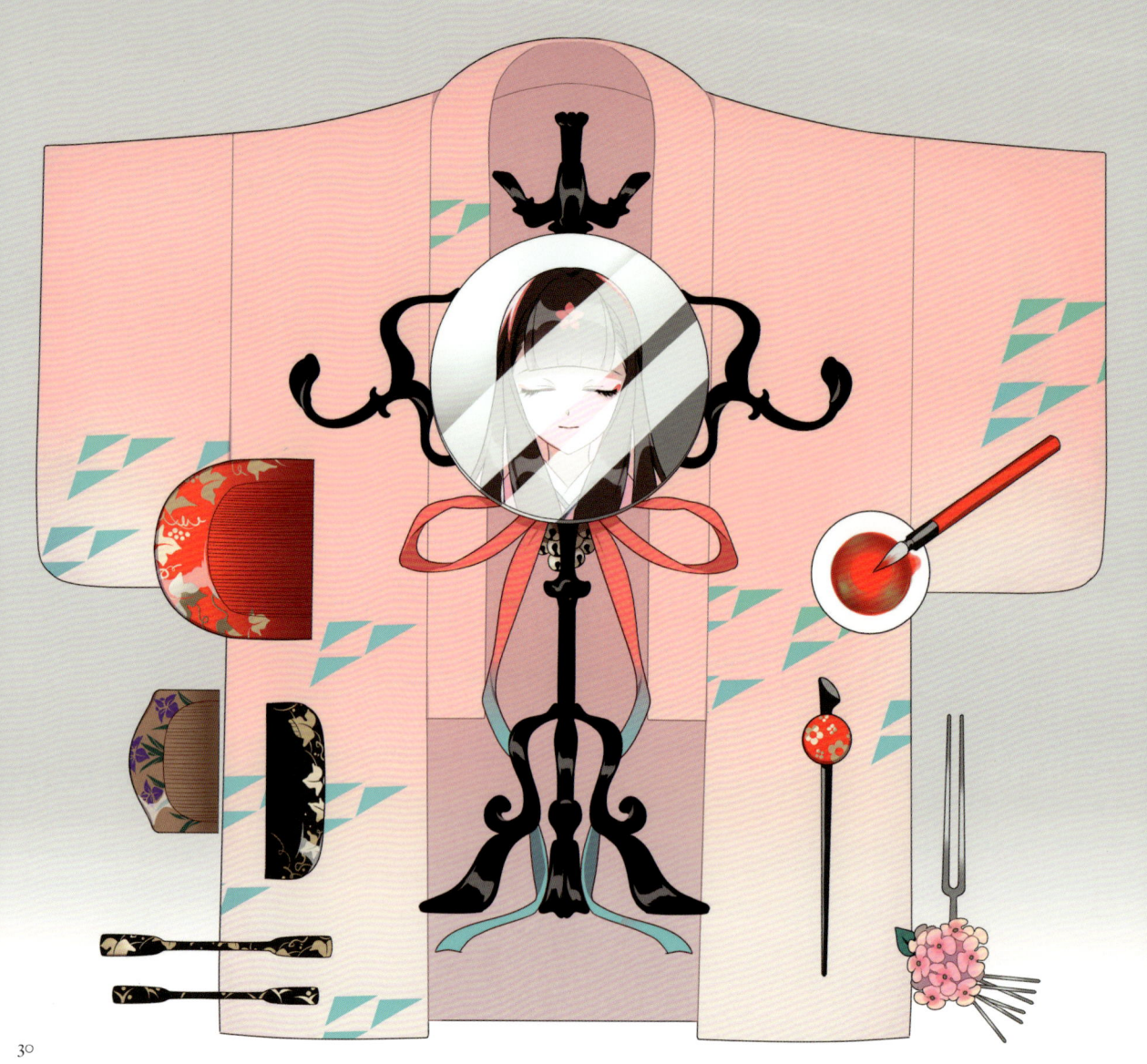

"你如果真是个勇猛的男人，那就带我去京都啊。用你的力量，将京都雅致的东西都带来我身边吧。如果你真能让我由衷地感到快乐，那你就是个真正勇猛的男人。"

"这种事轻而易举。"

山贼决定前往京都。他准备用不到三天的时间，将京都全部的梳子、簪子、笄珈、和服、镜子、口红，堆在女子身边。其实他对任何事都不以为意，唯一令他在意的，是和京都毫无关系的一件事。

就是那片樱花林。

两三天后，那片森林就要开满樱花了。他已下定决心，今年一定要前往那里。这次自己要在樱花林的中央，纹丝不动地坐地不起。山贼每天都会偷偷前往那片樱花林，查看花蕾的大小，推测它们何时绽放。他对急于出发的女子说，再等三天。

"难不成你还要收拾一番吗？"女子皱起眉头说，"不要再让我等下去了。京都已经在呼唤我了。"

"我还有一个约定。"

"你？在这深山老林里，谁会和你有约定啊？"

"确实没有人，但我就是有一个约定。"

"这可是个稀罕事。既然没人，那究竟是和谁有约定呢？"

山贼无法再隐瞒下去。

"樱花马上就要开了。"

"你和樱花有约定吗？"

"樱花盛开后，我要去看看。看完后咱们才能出门。"

"这是为何？"

"我必须去樱花林下看看才行。"

"为何你非要去看不可呢？"

"因为花要开了。"

"花开了又能怎样？"

"因为冷风会在花下簌簌地吹。"

"因为在花下吗？"

"因为漫天花海就像无穷无尽一样。"

"花海吗？"

山贼自己也搞不清楚，只觉得心情烦躁。

"那，你把我也带到盛开的樱花林下吧。"

"那可不行。"

他直截了当地说。

"我得独自前往。"

女子露出苦笑。

山贼头一次见识到什么是苦笑。他从前并不知道，世上竟会有如此不怀好意的笑容。不过他并没有将这种笑容断定为"不怀好意"，只是认定这种东西是自己无法斩断之物。其证据就在于，她的苦笑就像在自己脑海中烙下的印记一样，如同刀刃，每次回想起来，就会刺痛自己的脑袋。而这种疼痛，是他怎么都无法斩断的。

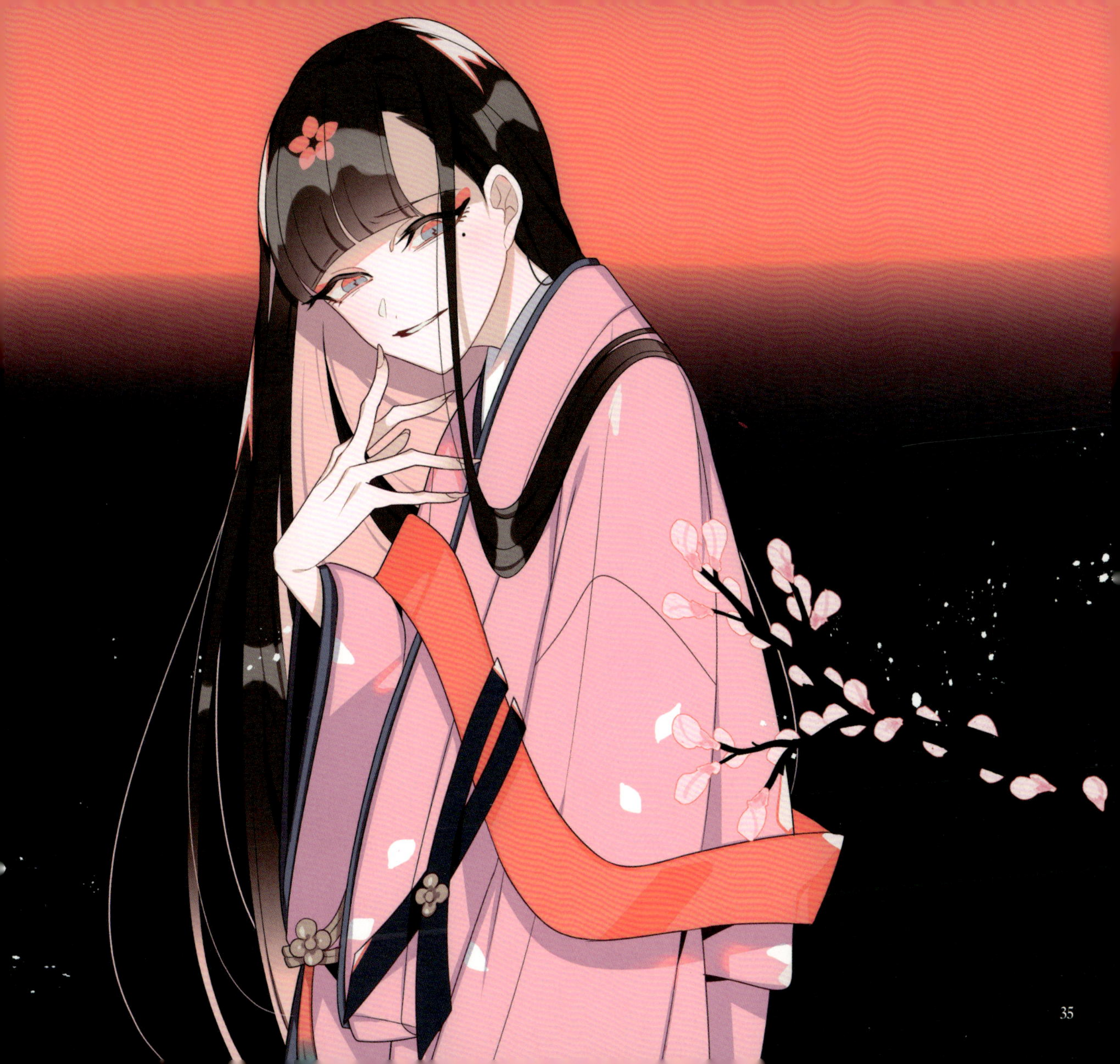

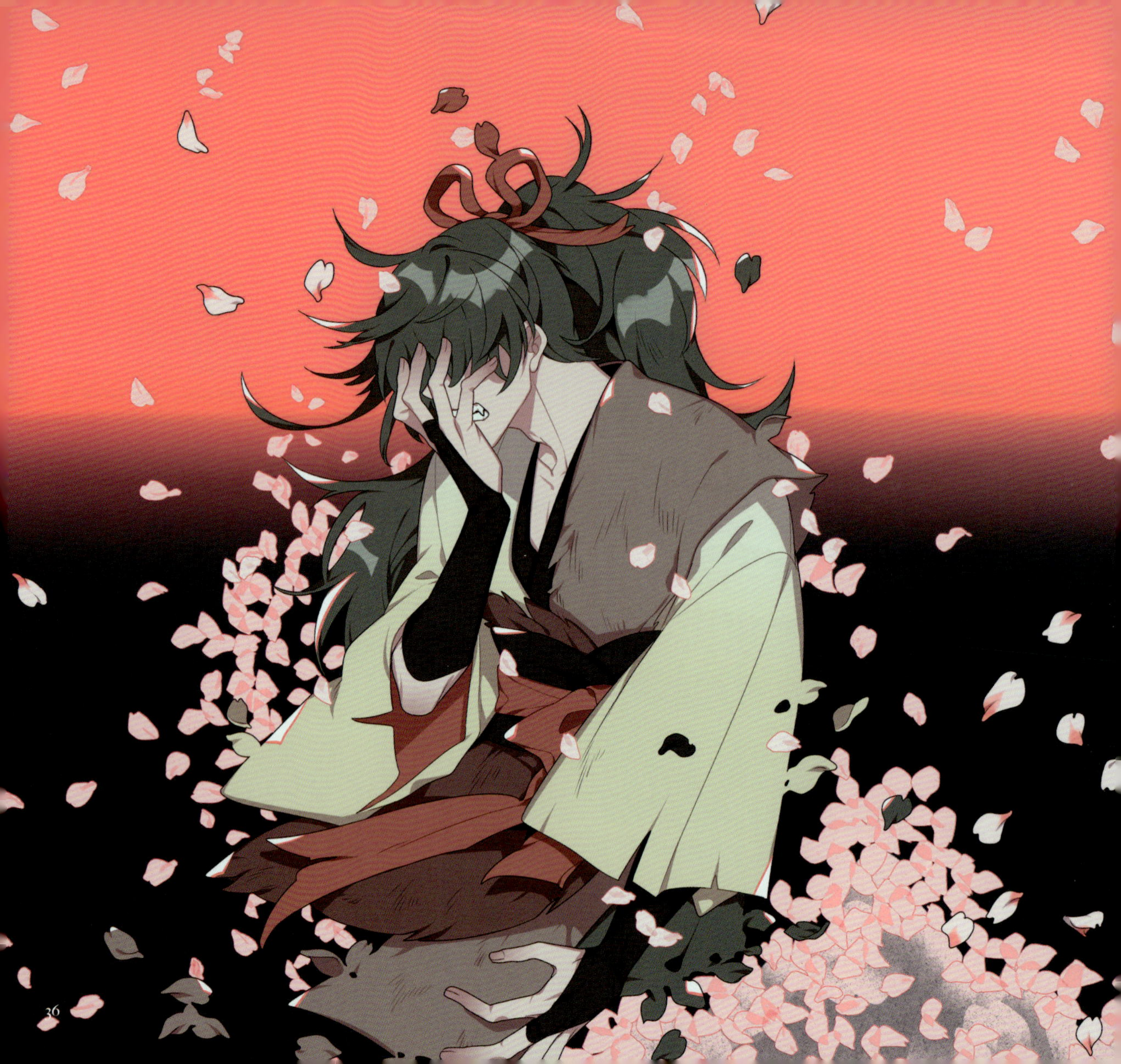

到了第三天，山贼悄悄出门了。此时林中的樱花已经盛开。他的脚刚一踏进去，便想起了女子的苦笑。苦笑化作了山贼从未感受过的利刃，向他脑海中划去。光是这一点，就已经使他手足无措。樱花林下的寒风从无涯的四面涌来，他的身体转瞬间就因被风所包围而变得透明。从四方涌来的风在呼啸着，这里完全被风包围了，只剩山贼叫唤的声音，他拔腿就跑——这是何等的空虚。他哭泣、祈祷、挣扎，只想逃离此地。而当他发现自己已经逃离樱花林的时候，竟有种大梦初醒的感觉。唯一与梦不同的是，他确实感受到了难以呼吸的痛苦。

★

男子、女子还有瘸腿女仆,开始住在京都城内。

每天夜里,男子都会遵照女子的命令潜入他人的府邸。虽说男子盗取了和服、宝石还有首饰,但这些东西并不能满足女子的需求。女子最心仪的东西,是那些住户的项上人头。

在他们的家中，女子已经收集了数十户人家的人的头颅。房间四周均用屏风隔开，摆满了人头，有些人头甚至还被悬挂着。由于人头的数量过多，男子也分不清他们谁是谁，但是女子能一一记起，即便这些人头毛发脱落、肌肉腐烂、化为白骨，她依旧能够记住。如果男子或者瘸腿女仆变换了这些头颅的位置，她就会发火，喋喋不休地说着，这是哪户人家的，而那又是哪户人家的。

女子每天都会玩弄这些人头。贵族人头带着家仆人头散步,某个人头到另一个人头家去玩。她让女性人头与男性人头谈恋爱,然后让男性人头将女性人头抛弃,并让女性人头伤心落泪。

某家小姐的头颅被大纳言[④]的头颅给欺骗了。大纳言的头颅在一个伸手不见五指的黑夜，伪装成小姐恋人的头颅，与小姐巫山云雨。云雨一番过后，小姐的头颅才发现异样。小姐的头颅无法憎恨大纳言的头颅，只得为自身的悲哀而落泪，最后出家为尼。没想到大纳言的头颅也来到尼姑庵，侵犯了成为尼姑的小姐的头颅。小姐的头颅本想一死了之，但最后还是听信了大纳言的甜言蜜语，从尼姑庵中逃了出来，跑到山科[⑤]的村里蓄发还俗，并做了大纳言头颅的小妾。不论是小姐的头颅还是大纳言的头颅，均已毛发脱落、肉腐虫生、白骨显露。两人的头颅推杯换盏、挑逗嬉笑，牙齿之间相互咬合，嘎吱作响，腐肉啪嗒啪嗒地粘在头颅上，鼻子塌陷，双目脱落。

每当看到这两颗腐肉还啪嗒啪嗒粘在上面,面部已经塌陷的头颅时,女子就会感到快乐,随后放声大笑。

"来,把这个脸蛋给吃了吧。啊,真是美味。连同小姐的喉咙也一并吃掉吧。好,接着把眼珠子也咬一下,然后吸干吧。好,我舔我舔。嗯,真是美味。天啊,真是太美味了。我说,你可要好好啃呦。"

女子发出咯咯笑声。这个笑声清脆悦耳,仿佛是轻质瓷器所发出的那种悦耳声响。

这些头颅中还有和尚的头颅。和尚的头颅被女子所厌恶。于是她总是让和尚的头颅充当恶人，使其被憎恶、被虐杀、被官府处刑。当和尚的头被砍下之后，反倒是生长出了毛发，可没过多久，这些毛发就开始脱落，头颅逐渐腐败，最终化为白骨。化为白骨后，女子又命男子带回其他和尚的头颅。新带回来的和尚头颅，还保存着年轻水灵的美丽样貌。女子见到后大喜，将其摆放在桌子上，给他喂酒、摸他脸蛋，但很快便失去了兴趣。

"你再找一个胖一点的，看上去更惹人生厌的人头回来。"

女子再次下达命令。男子觉得麻烦，于是一下子带回了五颗头颅。这里面有垂垂老矣的老僧的头颅；有眉毛粗大、双颊厚实，鼻子上像是趴着一只青蛙的头颅；有耳尖似马的和尚的头颅；还有长相非常老实的和尚的头颅。不过女子看中的头颅只有一个。那是一个五十多岁的大和尚的头颅，这颗头颅长相丑陋、眼角下垂、脸颊松散、嘴唇肥厚，或许是因为嘴唇太厚了，他的嘴巴无法合上，总之是个看上去很邋遢的头颅。女子用双手的手指按在头颅眼角两端，将其悬挂起来不停转动，随后又用两根棍子叉进鼻孔里使其倒立滚动，又或者把头颅紧紧抱在怀中，随后放声大笑。但很快她便玩腻了。

其中还有个漂亮姑娘的头颅。那是一颗清纯、文静、高贵的头颅。虽说还是个孩子,但是死后的容貌流露出成年人的忧郁,紧闭的眼睑深处,仿佛将愉悦、悲伤、成熟的思绪全都隐藏了起来。女子对这颗头颅如同对自己女儿或是妹妹一般疼爱。为其梳理乌黑的头发,还给她化妆。念叨着"这样不行,那样不行"的她,此时浮现出了温柔的神情,仿佛散发出百花的芬芳。

为了给姑娘的头颅找个伴，还需要一颗年轻的富家公子的头颅来配对。富家公子的头颅也被精心打扮了一番，两颗年轻人的头颅随即展开了狂热的恋爱游戏。他们会闹别扭、生气、愤恨、撒谎、欺骗、面露悲伤，只要两人的热情被点燃，其中一人就会在这股火焰中燃烧，另一个人就会被烧焦，双方都会被火焰缠身，变成这股火焰的一部分，不断地燃烧下去。

然而没过多久，邪恶的武士、好色之徒、恶僧这类污秽的头颅就会前来干扰，他们对富家公子拳打脚踢之后便杀了他，随后这些污秽的头颅便从前后左右四个方向围住姑娘的头颅进行挑衅，姑娘的头颅被污秽的头颅上面的腐肉给粘住了，这就像是被牙啃食一般，她的鼻子被咬了下来，头发也被扯了下去。接着，女子又在姑娘的头颅上用针戳出洞来，还用小刀进行切割，然后姑娘的头颅变得比任何人的都要污秽，惨不忍睹，最终被女子丢弃。

男子讨厌京都。虽说他已经习惯了京都的稀罕玩意儿，但还是觉得有些不自在。虽然他也像正常人一样在京都内穿着水干[6]，却将小腿露出，在外游走。他在白天无法佩带刀具，购物还必须前往集市才行。前往有娼妓的居酒屋喝酒竟然还要付钱。集市的商家会欺负他，卖菜的乡下女子和小孩会戏弄他，就连娼妓都会嘲笑他。在京都，贵族们会乘坐牛车穿行在道路中央。身着水干、光着双脚的仆从应该是喝了谁款待的酒，满脸变得通红，耀武扬威地在路上行走。男子不论是在集市、路上还是寺庙的庭院里，都会被人训斥为"蠢货""白痴""笨蛋"。即便如此，他也不会因为这种事而生气。

和这些相比，最令男子苦恼的还是无聊。在他看来，人这种东西实在是无聊至极。总之，他就是觉得人类很烦。这就好比大狗走在前面时，小狗就会叫一样。而他自己就是那条会叫的狗。他讨厌别扭、嫉妒、发脾气、思考。而山、川、树、兽、鸟这些东西就不会令他厌烦。

"京都可真是个无聊的地方。"他对瘸腿女子说，"你想不想回到山里去？"

"我倒觉得京都并不无聊。"瘸腿女子回答道。

瘸腿女子整日忙于洗衣做饭，而且还能和左邻右舍的人们进行闲聊。

"在京都，能和人们闲聊就不会觉得无聊。我反而觉得山里很无聊，那种生活我就很讨厌。"

"你不觉得聊天很无聊吗？"

"当然不会了。不论是谁，只要能聊天就不会觉得无聊。"

"但我觉得，越是聊天就会越发无聊。"

"那是因为你不和人聊天，所以才会觉得无聊。"

"没有的事。就是因为聊天很无聊，所以我才不和他人聊天。"

"那你就试着聊聊看。肯定会让你忘掉无聊的。"

"聊什么？"

"想聊什么就聊什么呗。"

"哪有什么可说的东西啊。"

男子感到厌烦，打了一个哈欠。

京都也是有山的。京都的山上不仅有寺庙，还有尼姑庵，而且还有不少人往来于山间。从山上还能一览京都的全貌。他不禁这样想到：没想到会有这么多人家，此地又是何等污秽啊。

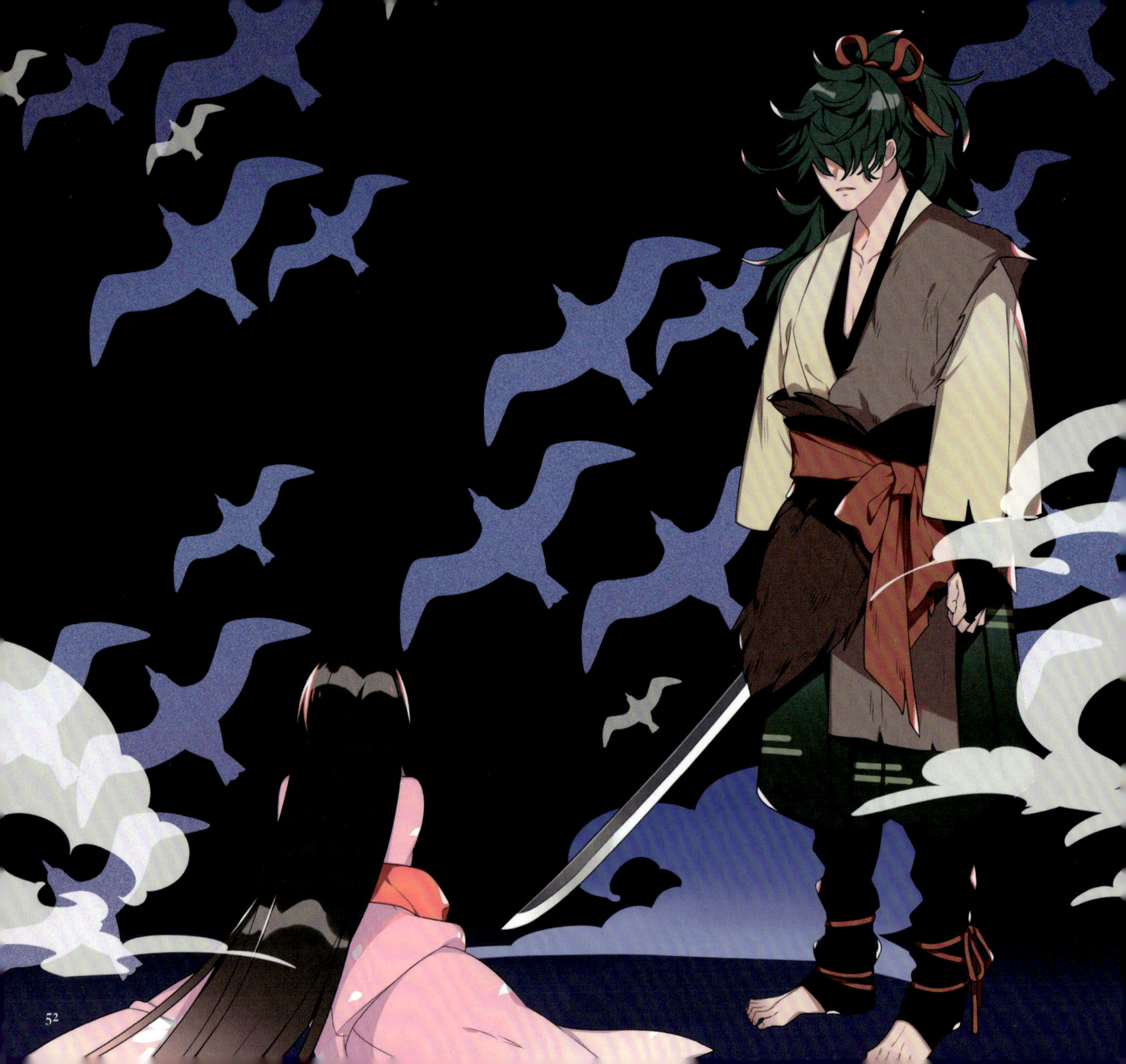

一到白天,他几乎会忘记自己每晚都会杀人。之所以会这样,是因为他觉得杀人是件无聊的事。男子现在对任何事都失去了兴趣。挥刀砍去,人头落地,仅此而已。人的脖子其实是个柔软之物,砍头丝毫没有切骨头的那种感觉,简直就跟切萝卜一样。不过人头的重量令他感到意外。

他仿佛能理解女子的感受。在钟楼里有一个和尚,正自暴自弃地撞着钟。男人觉得这个人真是个傻瓜,完全不知道自己在做些什么。如果和这种人面对面生活在一起的话,估计自己也会选择将这类人的头颅斩下,宁愿和他们的头颅一起生活。

然而女子的欲望是永无止境的,这件事也令男人感到了无聊。女子的欲望就好比在空中笔直飞行的鸟儿一样,它不会休息,只知道一如既往地笔直飞行。因为这只鸟儿不知道疲惫为何物。它总是爽快地迎风飞行,惬意地在畅通无阻的天空中无限翱翔。

然而男子只是一只寻常的鸟儿。这种鸟就像是在树枝上打盹的猫头鹰，能在树枝间来回跳动，偶尔会飞越山谷，但这已是它最大的极限。男子身手敏捷，灵活多动，善于奔走。可他的内心是一只笨重的鸟儿。他从未想过，自己能够在无尽的天空中笔直飞行。

男子从山上眺望着京都城。有一只鸟儿从空中笔直飞过。天空由白昼变成黑夜，又从黑夜变成白昼，无穷无尽的明与暗就这样来回交替。在这二者的尽头，空无一物。不论经过了多久，所能见到的只有这无尽的明与暗，这种无尽的现象，男子其实并不理解。一日过去，又是一日过去，一日之后又是一日，他就这样思考着明与暗的无限交替。思考令他头痛欲裂。这并非出于思考的疲倦，而是出于思考的痛苦。

回到家后，女人和往常一样沉浸在头颅游戏之中。见到男子回来，女子就

"今晚给我带一颗白拍子[7]的人头回来吧。我要的可是一颗漂亮的白拍子人头。我会让它给我跳舞。今晚我也会为你哼唱流行的小曲。"

男子回想起了刚才在山上见到的日夜无限交替的场景。这间屋子应该就是那永无止境、明与暗不断重复的天空。但此时的他根本想不到这一点。而且这个女子并不是只鸟，依然是那个美艳动人的女人。即便如此，男子还是这样回答道：

"我不想去。"

女子大吃一惊,但随后便笑了起来。

"哎呀哎呀。你竟然也会胆怯?你这个家伙果然是个懦夫。"

"我可不是懦夫。"

"那你是什么?"

"总是这样没完没了,我开始厌倦了。"

"哎呀,这可真奇怪了。任何事都是没完没了的。人每天都要吃饭,不就是没完没了的吗?还有每天睡觉,不也是没完没了的吗?"

"这些不一样。"

"怎么就不一样了?"

男子无法回答。但他就是觉得这些不一样。为了逃避回答不上来的痛苦,他走出了屋子。

"记得把白拍子的人头给我带回来。"

女子的声音从身后传来，但男子并没有回复。

他自己也不知道这些有何不同。渐渐地，夜晚来临了。他再次爬到山上。但天空已不见一物。

等他回过神来，又开始思考天空坠落的事情。天空好像能够坠落。自己的脖子就像被人勒住一样，十分痛苦。还是把那个女子给杀掉吧。

58

如若将女子杀掉，或许就能停止天空中那无尽的日夜交替。然后天空就会坠落。这样的话，自己也能松口气了。然而，他的心脏被开了一个洞。从他的胸口中有一只鸟儿飞出，随后消失得无影无踪。

那个女子难不成就是我吗？还有那只笔直飞翔在无尽的天空中的鸟儿，不也是我吗？男子对此产生了怀疑。将女子杀掉，不就相当于杀死自己吗？我到底在想些什么？

为何非要让天空坠落不可呢？关于这一点，男子也想不明白。如今所有的想法都难以捉摸。将这些想法剔除后，剩下的只有痛苦。黑夜散去，可他已经丧失了回家的勇气，他害怕见到那个女子。于是他接连几日，一直在山中徘徊。

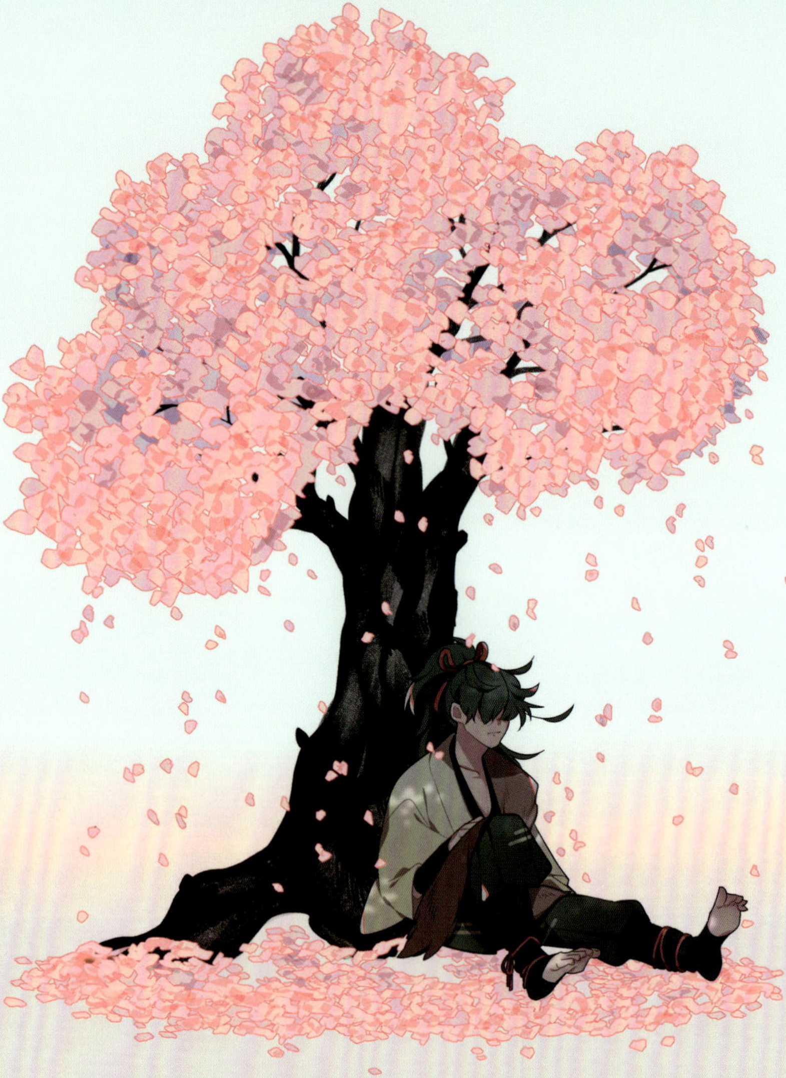

某日清晨，当男子醒来后，发现自己竟然睡在樱花树下。樱花树仅有一棵，树上已经开满了樱花。他被吓得跳了起来，但并非为了逃走。毕竟，这里仅有一棵樱花树。他突然想起了铃鹿岭上的那片樱花林。那里的樱花必定早已绽放。男子因为怀念从前的事而忘我，从而陷入深深的沉思之中。

那就回到山里去吧。回到山里去。为何如此简单的事情我会忘记呢？还有，为何我会沉浸在天空坠落这种事中不能自拔呢？他觉得自己从噩梦中苏醒了。他觉得自己就跟获救了一样。在此之前他完全丧失了这种知觉，山中早春的气息重新回到了他的身边，就连那猛烈的寒意也能被清楚感受到。

男子回家了。

女子兴高采烈地出门迎接他。

"你跑哪儿去了?都怪我说了那些任性的话,让你受苦了。不过自你走后,我才知道什么叫作寂寞。"

女子从未像这样温柔过。男子感到心中一阵疼痛。他的决心差点被她打散。即便如此,他还是心意已决。

"我要回山里去。"

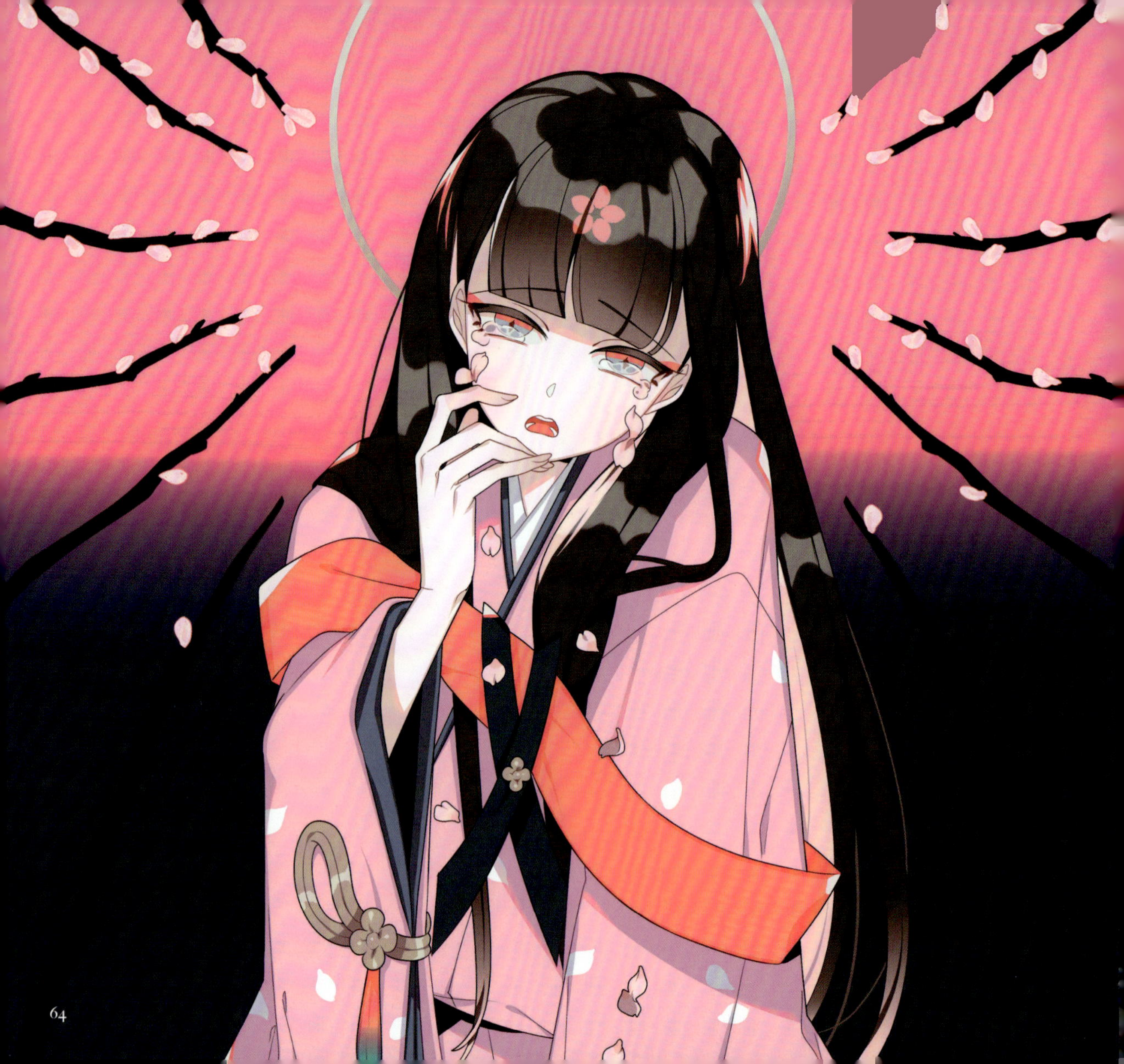

"你要丢下我吗？你心里为何会有如此残忍的想法？"

女子的眼中燃烧起愤怒的火焰。她的脸上充满了遭人背叛的愤恨。

"你什么时候变得如此薄情寡义了？"

"我都说了。我讨厌京都。"

"即便我在你身边，你也讨厌吗？"

"我只是不想再在这里住下去了。"

"但是，你还有我啊。难不成你嫌弃我了？你不在的时候，我待在家中，心里想的全都是你的事。"

女子的眼里噙着泪水。这是她的眼中头一次饱含泪水。愤怒之情已经从她脸上消失了。她怨恨着男子的冷酷无情，看上去甚是悲伤。

"你不是说过,自己只能住在京都吗?而我只能住在山里。"

"如果不能和你一起生活的话,我无法在此地活下去。你难道不明白我的心思吗?"

"但我除了山里,其他地方都住不下去。"

"如果你要回山里的话,我也跟你一起回去。没有你,我一天都活不下去。"

女子的眼中充满泪水。她将脸埋进男子的胸膛,热泪直流。温暖的泪水浸湿了男子的胸膛。

离开这个男子,女子确实无法生存下去。新的头颅便是女子的生命。能为女子带来头颅的,除了这个男子,别无他人。他已然是女子的一部分。女子绝对不会放他走。女子坚信,当男子心中的乡愁得到缓解之时,一定会再次带自己返回京都。

"不过,你在山上能住下去吗?"

"只要和你在一起,让我住哪儿都可以。"

"山上可没有你想要的人头哦。"

"如果让我从你和人头之中二选一的话,我宁可放弃人头。"

这该不会是我在做梦吧?男子甚是欢喜,甚至有些不敢相信。即便在梦中他都没敢如此奢望过。

他的心中充满了新的希望。幸福来得太过突然,太过直白,之前的种种苦难全被抛在了九霄云外。他甚至忘记了女子直到昨天为止,都没有如此地温柔过。他只看着现在与未来。

两人立刻启程。他们留下了瘸腿女仆。在出发之时,女子悄悄对瘸腿女仆留下一句话:"我很快就会回来,你等着我。"

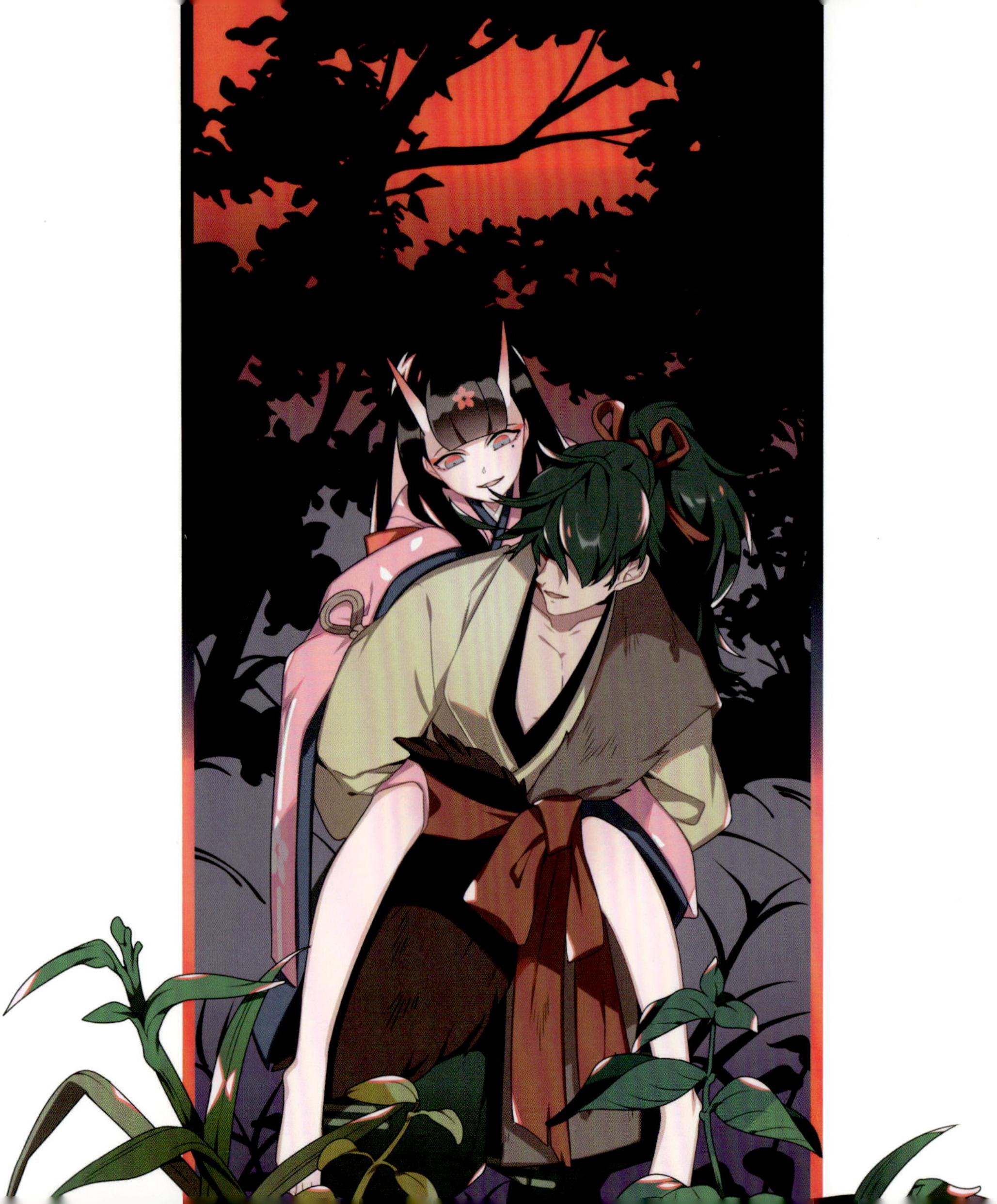

★

　　昔日的群山重现眼前。它们仿佛能够一呼百应。男子决定从旧路返回。那条路因为太久没人行走，原有的路形都已经消失，变成寻常的森林及山坡。而走那条路的话，就会路过那片樱花林。

　　"你背我吧。这种连路都没有的山坡，我走不了。"

　　"啊，当然可以。"

　　男子将女子轻轻背在身上。

　　男子回想起最初将女子掳获的那一天。那天他也是这样背着女子，爬上山岭另一侧的山道。那一天很幸福，但是今天的幸福显得更加充实。

"最初遇见你的那天,我也让你这样背过我。"

女子也回想起了这件事,然后说。

"我也正在想这件事呢。"

男子开心地笑了起来。

"喂,看到了吗?这些山都是我的。还有那山谷、树木、飞鸟、白云,都是我山中的一部分。有山真好,都想跑起来了。京都就没有这些东西。"

"第一次见到你的那天,我也曾让你背着我在山中奔跑。"

"是的。那天可把我累坏了。跑得我头都晕了。"

男子并没有忘记那片樱花林。然而,在这幸福的日子里,那盛开的樱花林又算得了什么呢?他没有丝毫的恐惧。

随后，樱花林出现在他的眼前。那是满满一片盛开的花海。一阵风吹过，花瓣全都簌簌地落了下来。地面全都被花瓣铺满。这些花瓣都是从哪里飘落下来的呢？因为头上满是盛开的樱花，让人感觉不曾有花瓣掉落。

　　男子走进盛开的樱花林，四周万籁俱寂，逐渐变得寒冷。他突然发现女子的手也变得冰冷起来，他顿感不安。立刻，他明白了，女子是妖怪。一阵凛冽的风突然从樱花林下的四面八方吹来。

72

紧紧贴在男子背上的，是一个全身发紫、脸很大的老婆婆。她的嘴巴一直咧到耳朵，卷曲的头发全都变成了绿色。男子开始奔跑，想要把她甩下来。但是妖怪的双爪充满了力量，死死地掐住了他的喉咙。男子的双眼快要看不清了，他全神贯注，用尽浑身气力将妖怪的双手解开。就在妖怪双手松开男人脖子的那个间隙，妖怪便从他背上滑落了下来，摔在了地上。这回换男子抱住妖怪。他掐住了妖怪的脖子，等他回过神来的时候，他已经用尽全力掐着女子的脖子，而女子早已经断气了。

74

男子的眼前变得模糊起来。他试着睁大眼睛,但并不觉得视力有所恢复。之所以会这样,是因为被他杀死的就是那位女子,她没有变成妖怪,女子的尸体就这样躺在他的眼前。

他的呼吸停止了。连同他的力气、思念,全都停止了。有几片樱花花瓣飘落在女子的尸体上。他用力摇晃着她、呼喊着她、拥抱着她,然而他所做的一切都是徒劳的。他哇地一声哭了起来。大概自从他住进这座山开始,直到现在,他都没有哭过吧。当他自然地回过神来的时候,他的背上已经堆积了不少白色的花瓣。

这个地方正好位于樱花林的正中央。四面全都是樱花，无法看到外面。平日里的那种恐惧和不安全感都消失了。就连从樱花林四周吹来的冷风也消失了。只剩花瓣还在悄悄地、缓缓地落下。男人第一次坐在盛开的樱花林下。他想永远地坐下去。因为他已经没有了归处。

　　盛开的樱花林下的秘密，至今无人知晓。或许那正是孤独吧。不过男子已经没有害怕孤独的必要了。因为他自己就是孤独本身。

男子开始环顾四周,他的头顶满是樱花,而樱花的下面,则静静地满盈了无限虚空。花瓣仍在悄然飘落,仅此而已,除此之外,没有任何的秘密。

不久之后,他感受到了某种温暖的东西。那是他心中的悲伤。在花与虚空冰冷的包围下,那个不断膨胀的温暖之物,一点点变得清晰起来。

他想拂去女子脸上的花瓣。当他抬起手正要触碰到女子脸颊的时候,他似乎感觉到有什么不对劲。转眼间,在他的掌心下,满是凋落的花瓣,女子的身体片刻间化作落樱,消失了。

而当他想将这些花瓣扫开的时候,他的手、他的身体也在前倾的时候消失了。只剩下花瓣和冰冷的空虚。

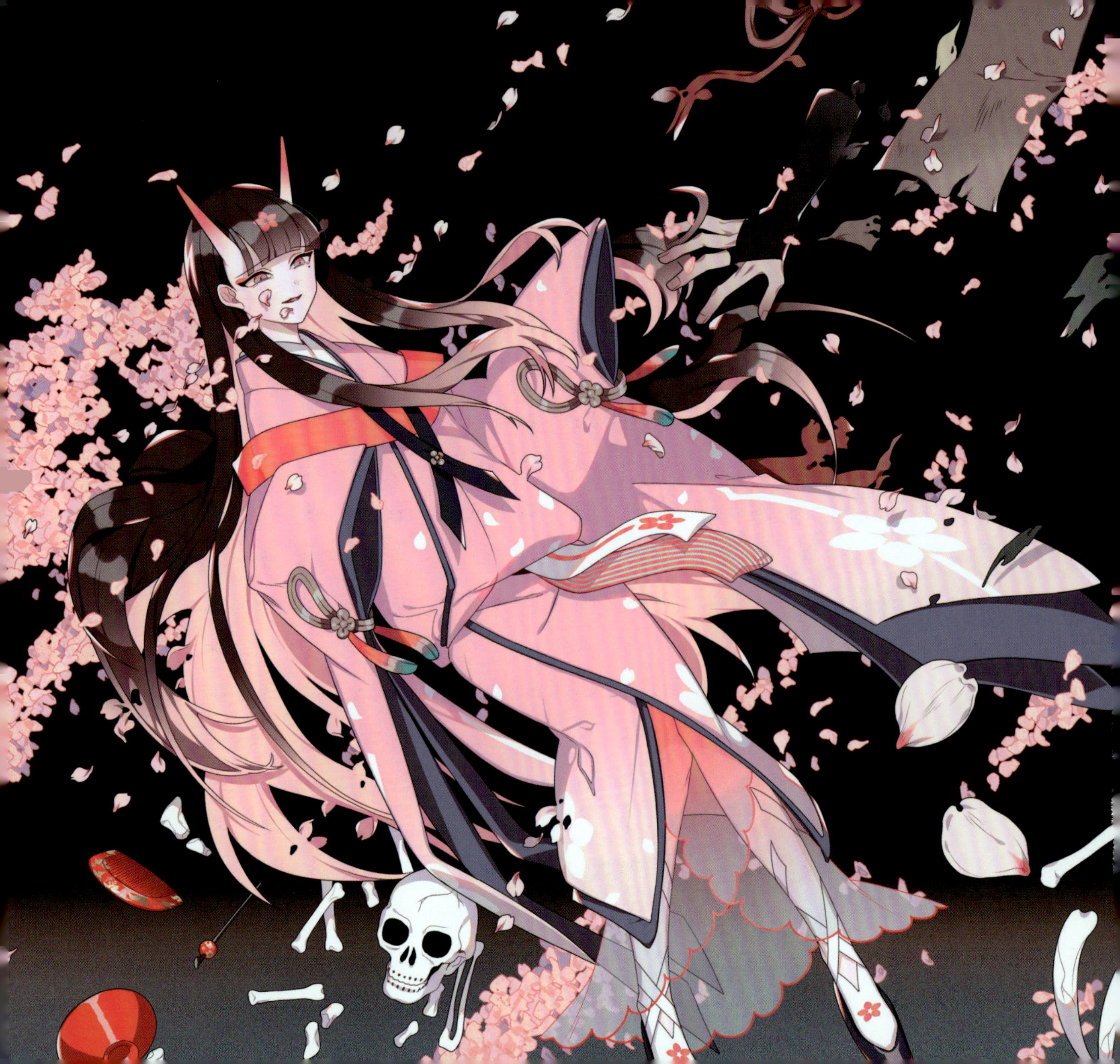

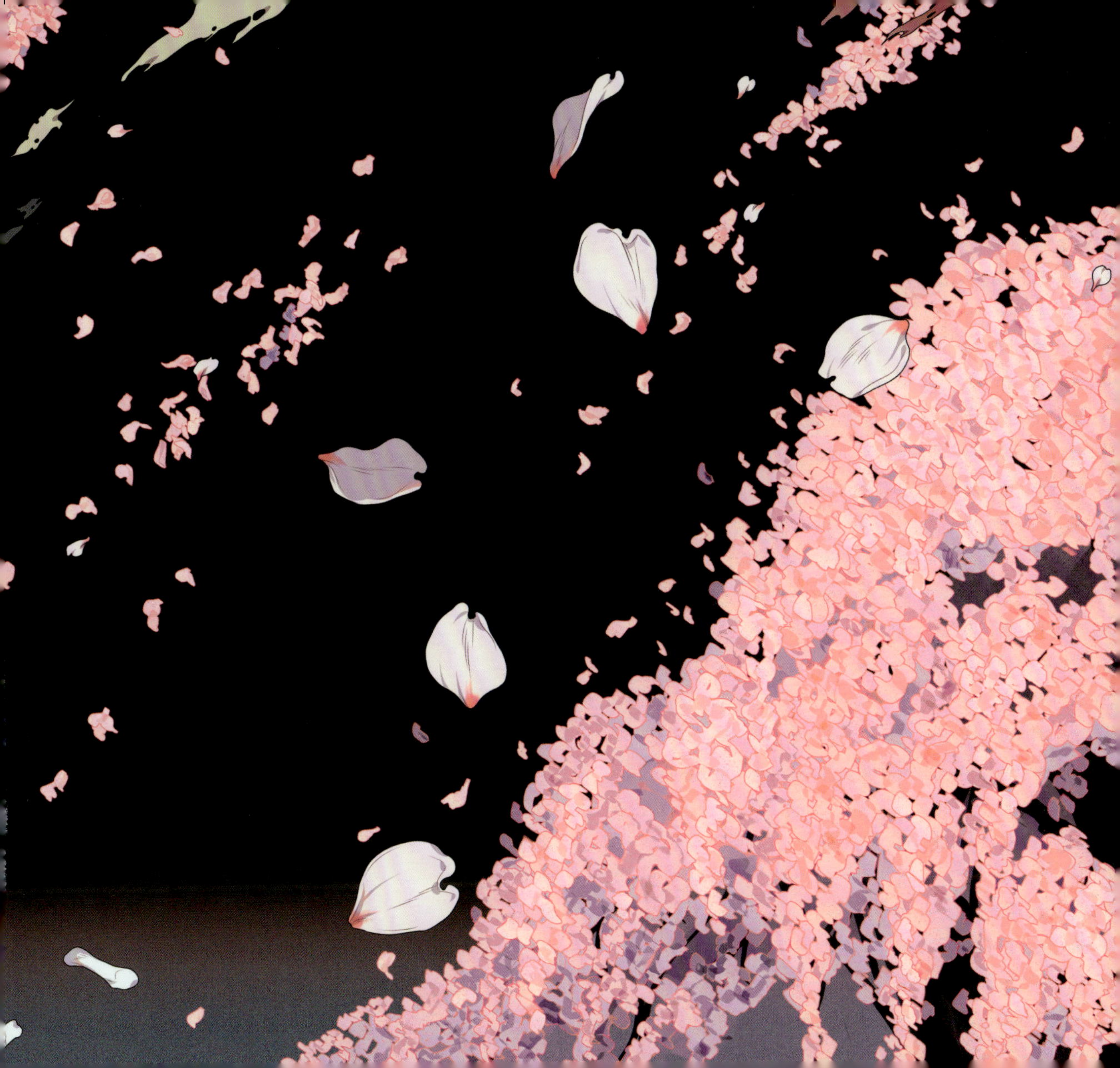

注

① 能剧：日本的一种演员佩戴面具进行演出的传统戏剧。
② 坂口安吾所提到的这段故事，应该是能剧《隅田川》中的情节。
③ 铃鹿岭：位于三重县龟山市以及滋贺县甲贺市边境的山顶。
④ 大纳言：日本太政官制度下设立的一个重要官职，位列日本朝廷的公卿。该官职负责协助大臣、参议政事、宣诏政令、担任天皇近侍。
⑤ 山科：京都市的一部分，位于京都市东南部的山科盆地中。
⑥ 水干：源于日本平安时期，是男子装束的一种。
⑦ 白拍子：日本平安时代末期至镰仓时代兴起的一种歌舞，也常代指表演歌舞的男女艺人。

SAKURA NO MORI NO MANKAI NO SHITA by ANGO SAKAGUCHI
Illustrations copyright © 2019 SHIKIMI
Originally published in Japan by Rittorsha, Rittor Music, Inc.
Simplified Chinese translation rights arranged with
Rittor Music, Inc. through AMANN CO., LTD.

图书在版编目（CIP）数据

盛开的樱花林下 /（日）坂口安吾著 ；（日）
SHIKIMI绘 ； 温雪亮译. -- 南京 ： 江苏凤凰文艺出版社，
2025.6. -- ISBN 978-7-5594-9602-7
Ⅰ．I313.45
中国国家版本馆CIP数据核字第2025U2W923号

盛开的樱花林下

[日] 坂口安吾 著　　[日]SHIKIMI 绘　　温雪亮 译

责任编辑	耿少萍
策　　划	刘艳秋
装帧设计	纽唯迪设计工作室
责任印制	杨　丹
出版发行	江苏凤凰文艺出版社
	南京市中央路165号，邮编：210009
网　　址	http://www.jswenyi.com
印　　刷	三河市嘉科万达彩色印刷有限公司
开　　本	880 毫米×1230 毫米　1/24
字　　数	64 千字
印　　张	3.75
版　　次	2025 年 6 月第 1 版
印　　次	2025 年 6 月第 1 次印刷
标准书号	ISBN 978-7-5594-9602-7
定　　价	48.00 元

江苏凤凰文艺版图书印刷、装订错误，可向出版社调换，联系电话 025-83280257